www.wasknistertda.de

AF237121

Anna Heinichen (geb. Tietze) wurde am 8. Juli 1982 in Wernigerode/Harz in der ehemaligen DDR geboren. Sie studierte Diplompädagogik in Regensburg und Würzburg und machte anschließend eine Ausbildung zur Redakteurin bei der Goslarschen Zeitung. Heute arbeitet die zweifache Mutter als Pressereferentin und freie Journalistin in Goslar/Harz. Im April 2020 ging sie mit ihrem Blog „Was knistert da? Eine Frau packt aus." online. Neben Kurzgeschichten veröffentlicht sie auch alltägliche Beiträge aus dem Leben einer berufstätigen Frau und Mutter.

Anna Heinichen

# Was knistert da?
# Eine Frau packt aus.

Kurzgeschichten
zum Blog
www.wasknistertda.de

Bibliografische Information der
Deutschen Nationalbibliothek:
Die Deutsche Nationalbibliothek
verzeichnet diese
Publikation in der Deutschen
Nationalbibliografie; detaillierte
bibliografische Daten sind im
Internet über http://dnb.dnb.de
abrufbar.

Herstellung und Verlag: BoD –
Books on Demand, Norderstedt

ISBN: 978-3-7534-5472-6

*Lass dich nicht durch Dinge, die du nicht tun kannst, von dem abhalten, was du tun kannst.*

# Inhalt

*Heimatliebe*

*Der Lieblingsduft*

*Fernweh*

*Endlich frei*

*Auf dem Weg*

*Geheimnisse des Winters*

*© photos by Anna Heinichen*

# Heimatliebe

Kaum ein Tag verging, an dem Larissa nicht darüber nachdachte, ob es ein Fehler wäre. Vielleicht sogar einer ihrer größten. Sie wollte gehen und würde all jene zurücklassen, die sie über so viele Jahre hinweg begleitet und unterstützt hatten. So vielen Menschen musste sie dankbar sein und das war sie auch. Aber nun war es an der Zeit zurückzukehren. Zurück in die so verhasste Heimat, die sie dennoch nie vergessen konnte.

Und Marcel? Er konnte nicht mit. Er sollte nicht mit. Er gehörte nicht zu ihrer Heimat und ihrem früheren Leben. Er war der erste Mensch, den sie bei ihrer Ankunft in Paris kennengelernt hatte. Bei ihm war sie gestrandet. Er hatte sie aufgenommen, als sie ohne Bleibe war. Als sie nur Treibholz war. Dies hatte ihn für einige Jahre zu ihrem sicheren Hafen gemacht. Er unterstützte sie beim Aufbau ihres eigenen Ladens. Liebte sie täglich bedingungslos. Aber ein Heimatgefühl kam nie auf. Etwas fehlte. Oder jemand?

„Ich weiß einfach nicht, wohin mit mir. Ich spüre mich nicht. Es ist fast so, als hätte ich die Verbindung zu mir selbst verloren. Es klingt so absurd, aber ich glaube fast vergessen zu haben, wer ich eigentlich bin", vertraute sie sich ihrer Freundin Adeline an.

Adeline war gerade 40 geworden und hatte

sich von ihrem Freund getrennt. Was allerdings nichts bedeuten musste, da sich Adeline und Marco ständig trennten. Sie verließ ihn. Er verließ sie. Sie kam zurück. Er kam zurück. Die beiden kamen trotz aller Schwierigkeiten nicht voneinander los.

*Rückblick*

Adeline und Larissa hatten sich vor Jahren in genau solch einer Trennungszeit in einem Pariser Café kennengelernt. Larissa blätterte gelangweilt in einer Modezeitschrift, um sich die Zeit zu vertreiben, bis Marcel mit der Arbeit fertig war, als eine junge Frau am Nebentisch mit dem Messer immer wieder auf ein Croissant einstach. Während sie dies tat, murmelte sie unverständlich vor sich hin. Doch der Ton ihrer Stimme ließ Larissa ahnen, dass es keine netten Worte waren.

Eine ganze Weile versuchte Larissa, das Treiben am Nebentisch zu ignorieren, doch schließlich hielt sie es nicht mehr aus und drehte sich um.

„Ich denke, das Croissant hat jetzt genug. Es zuckt ja schon nicht mehr", scherzte Larissa und lächelte.

Verdutzt blickte Adeline auf und die beiden Frauen sahen sich still an. Es war ein zauberhafter Moment, in dem das Universum wohl zwei Seelen vereinte, die einander helfen und ergänzen sollten. Zumindest kam es einem so vor.

Von diesem Moment an gab es kein Geheimnis, kein Erlebnis und keinen Traum, den sich die beiden Frauen nicht anvertrauten. Jeder noch so schmutzige Gedanke wurde geteilt. Jedes noch so verrückte Vorhaben gemeinsam geplant.

Aus Larissa und Marcel wurden Larissa, Adeline, Marco und Marcel. Die Vier taten sich gut. Die Häufigkeit der Auszeiten von Adeline und Marco nahm deutlich ab. Die Wirkung der Viererkonstellation auf die Beziehung von Larissa und Marcel war dagegen weniger offensichtlich. Adeline wurde im Laufe der Jahre zu einer wirklich wichtigen Vertrauten für Larissa. Endlich konnte Larissa auch über Dinge sprechen, die nichts für Marcel waren. Geheime Wünsche und Sehnsüchte. Adeline hörte zu und verstand.

Doch dauerhaft half das bloße Reden über unerfüllte Wünsche und verborgene Sehnsüchte auch nicht.

*Zurück in der Gegenwart*

„Adeline, bitte hilf mir. Sag doch was", bettelte Larissa.

„Ich kann dich gut verstehen", antwortete Adeline.

„Aber?", fragte Larissa und fühlte, wie sich ihr

der Hals zuschnürte. Sie ahnte, was Adeline nun sagen würde.

„Helfen kann ich dir nicht, Süße. Das kannst du nur selbst. Ich fürchte, wir sind an eine Grenze gestoßen, an der wir uns nicht noch mehr zu geben haben."

„Adeline, was sagst du denn da? Das hört sich an, als würdest du mit mir Schluss machen wollen."

Adeline musste lachen.

„Ach Süße, das würde ich niemals. Du bist auf ewig mein Lieblingsmensch. Aber sieh mal", Adeline griff nach Larissas Hand und umschloss sie mit beiden Händen „ich fühle mich doch ganz ähnlich. Schon immer eigentlich. Aber ich bin schwach."

„Auf keinen Fall bist du das. Ich kenne keine stärkere Frau als dich", fiel Larissa ihr ins Wort.

„Süße, ich schon. Aber lass mich ausreden, bitte", lächelte Adeline. Larissa nickte und biss sich vor Spannung auf die Lippen.

„Seit Jahren will ich von Marco weg, weil es in mir brodelt. Mein Verlangen nach mehr ist groß, aber die Angst vor Veränderung ist größer. Ich schaffe es nie, alles hinter mir zu lassen. Jedes Mal lässt mich der Mut im Stich. Aber du, du kannst es schaffen. Du bist voller Energie, hast solch eine Stärke in dir. Folge deiner Sehnsucht und lass zurück, was dich aufhält."

Larissa sah ihre Freundin an und musste lächeln, obwohl sie unendlich traurig war.

„Du bist phänomenal, Adeline."

„Das gefällt mir", antwortete Adeline „und wenn du dich wieder ganz gefunden hast, dann kommst du mich holen und hilfst mir. Einverstanden?"

„Einverstanden."

Larissa tat, was Adeline ihr geraten hatte. Sie ließ liegen, was sie aufhielt. Sie packte ihre Koffer. Alles Flehen und Betteln von Marcel nützte nichts. Larissa wollte und musste gehen.

„Marcel, bitte. Ich kann nicht anders. Ich gehöre hier nicht mehr her", sagte sie.

„Nach Paris oder zu mir?", fragte Marcel. Seine Augen sprühten vor Wut. Der Ärger über Larissas Entscheidung überdeckte die tiefe Trauer, die er empfand.

Immer wieder hatte er sich bemüht, Larissa alles recht zu machen. Sich bemüht, ihr jeden Wunsch zu erfüllen und sich jede Kritik zu Herzen genommen. Wie oft hatte er versucht, sein Verhalten zu ändern, an dem sich Larissa immer wieder gestört hatte. Seine schlechten Angewohnheiten, wie sie es nannte, abzulegen.

So hatte er aufgegeben, Zigaretten zu Rauchen. Für sie. Hatte aufgegeben, Bier zu trinken, stattdessen nur noch Wein. Für sie. Weil sie den Geruch von Bier nicht ertrug. Sogar von seinem geliebten Vollbart hatte er sich getrennt. Für sie, weil er ihr so kratzte. Und nun ließ sie ihn im Stich. Nach all den Jahren.

„Nach Paris und zu dir. Es tut mir leid, wenn es dich verletzt."

„Wenn?"

„Dass es dich verletzt. Ich kann einfach nicht anders. So, wie es jetzt in mir aussieht und wie ich mich fühle, werde ich nie die Frau für dich sein, die du brauchst."

Marcel sah Larissa schweigend an und steckte die Hände in die Hosentaschen. Auch eine dieser Angewohnheiten, die sie so abstoßend fand.

„Und wenn du mal ganz ehrlich bist, dann weißt du das auch."

Langsam ging Marcel auf Larissa zu, nahm sie in die Arme und gab ihr einen Kuss auf die Stirn. Er war traurig, so unendlich traurig, dass er nicht mehr wütend sein konnte. Obgleich er tatsächlich wusste, dass sie recht hatte, behielt er die Hoffnung auf ein Wiedersehen.

„Dann geh und finde dich. Vielleicht finden wir uns dann auch wieder", sagte er und ließ sie gehen.

*In Deutschland*

Viel Zeit war vergangen, als sie sich das letzte Mal gesehen hatten. Sich den letzten Kuss gegeben hatten, um einander nicht allzu schnell zu vergessen.

Larissa wurde heiß und kalt als sie an Marcel dachte. „Was er wohl gerade machte?"

14

Zärtlich strich sie sich mit dem Daumen über ihre Lippen und dachte daran, wie sich seine Lippen beim Küssen angefühlt hatten. Wild und zart zugleich. Sehnsucht machte sich in ihr breit. Aber es fühlte sich anders an, als das Verlangen in ihre Heimat zurückzukehren. Eben jenes Verlangen, dass sie erst dazu getrieben hatte, Marcel nach all den Jahren zu verlassen.

Seufzend blickte sie sich um. Es war dunkel im Haus, obwohl draußen die Sonne fast senkrecht am Himmel stand. Das Gebäude war kaum wiederzuerkennen. Früher, als sie noch ein Kind gewesen war, wirkte alles so riesig und es war immer laut gewesen. Aber jetzt? Alles war so klein. Trostlos. Still. So unfassbar still, dass sie ihren eigenen Herzschlag hören konnte.

„Ich bin Zuhause", sagte Larissa leise „ich bin endlich Zuhause."

Auf eine irrwitzige Art und Weise fühlte sie eine innige Verbundenheit mit diesem Ort. Mit diesen alten knarrenden Holzdielen. Mit diesen völlig verstaubten Fenstern. Langsam ging sie durch den großen Raum, der einst das Wohnzimmer gewesen war. Das Holz ächzte altersschwach unter ihren Füßen. Am Ende des Raumes führte eine Treppe ins Obergeschoss. Hinter einer weißen Holztür begann ihr Reich. Hier hatte sie ihre Kindheit verbracht. Hier hatte sie als Teenager gelebt. Von hier war sie letztlich mit 18 Jahren geflohen. Larissa schloss die weiße Tür wieder zu, ging die Treppe hinunter und hinaus bis vor das Haus.

„Ich ziehe das jetzt durch", sagte sie entschlossen zu sich selbst, „jetzt oder nie."

„Was ziehen Sie durch?", fragte eine unfreundliche Stimme hinter einer Hecke.

Larissa drehte sich um und kniff die Augen zusammen, um besser sehen zu können. Geblendet von der hellen Sonne, konnte sie nur die groben Umrisse einer vermutlich männlichen Gestalt erkennen, die hinter der Hecke hervortrat. Die tiefe raue Stimme meldete sich erneut: „Was wollen Sie hier durchziehen?"

Larissa stöhnte genervt, drehte sich empört weg und ging langsam in Richtung Auto. Sie musste jetzt erst einmal hier weg und etwas allein sein.

„Hey", rief die Stimme lauter hinter ihr her. „Macht man das so, da wo Sie herkommen? Einfach abhauen, wenn jemand etwas fragt? Hier läuft das anders."

Erstarrt blieb Larissa stehen und blickte zu Boden, um sich zu sammeln.

„Das reicht jetzt", schrie sie „reden Sie vernünftig mit mir oder halten Sie gefälligst den Mund. Das hier geht Sie absolut überhaupt nichts an und wenn Sie mich noch weiter belästigen, rufe ich die Polizei."

Der Mann kam langsam näher. Zwei Meter vor Larissa blieb er stehen und musterte sie mit zweifelndem Blick. Larissa zog wütend die Augenbrauen zusammen und holte zu einer weiteren verbalen Attacke aus, als der junge Mann anfing zu lachen.

„Ach, so ist das", sagte er und lachte immer lauter. Seine weißen Zähne blitzten dabei wie fein säuberlich aufgefädelte Perlen.

Larissa sah ihn voller Skepsis an. „Was soll das bitte heißen?"

„Sie haben Glück, dass hier in der Gegend Fremden auch geantwortet wird. Noch dazu, wenn es sich um so eine hübsche Fremde handelt."

Larissa sah das zwar sehr freche aber doch irgendwie anziehende Grinsen des Mannes. Sie ärgerte sich über diese Unverschämtheit und wollte erwidern, dass sie überhaupt keine Fremde war, doch kamen ihr diese Worte nicht schnell genug über die Lippen.

„Ich vermute, Sie interessieren sich für diese Bruchbude?", fragte der Mann mit einem sehr arroganten Unterton.

Doch darauf fiel Larissa nicht herein. Diese Art der Provokation hatte sie in Frankreich immer und immer wieder ertragen müssen und letztlich eine Strategie dazu entwickelt. Schließlich gab es überhaupt keinen Grund, diesem fremden Typen auch nur das kleinste Detail ihrer Geschichte zu erzählen, geschweige denn, sich für irgendetwas zu rechtfertigen.

„Hören Sie mir mal gut zu, Herr... wie auch

immer Sie heißen. Es ist mir egal, wer Sie sind oder was Ihre Aufgabe hier ist. Sie verschwenden meine Zeit", sagte Larissa mit dem höchsten Maß an Selbstsicherheit in ihrer Stimme, das sie aufbringen konnte. Es war ihr Elternhaus. Sie hatte jedes Recht hier zu sein. Entschlossen drehte sie sich erneut zum Gehen um.

„Warten Sie doch mal. Sie haben das in den falschen Hals bekommen", rief der Mann hinter ihr her und klang plötzlich sogar freundlicher. „Es tut mir leid. Sie sind offensichtlich nicht eine dieser Großstadttussis, die nur auf das Grundstück scharf sind."

„Ach, bin ich nicht? Was macht Sie da so sicher?", fragte Larissa noch immer selbstsicher und blieb stehen.

„Ihr Blick, als ich das Haus ‚Bruchbude' genannt habe."

Larissa blickte schweigend in zwei dunkelbraune Augen, die sie erwartungsvoll ansahen. Sie schwieg, aber wandte ihren Blick nicht ab. Irgendetwas Vertrautes fand sie in diesem Blick.

„Ich bin Simon. Simon Matteo. Ich lebe schon immer hier, darum liegt mir sehr viel an diesem Ort und auch an diesem Haus."

Larissa erschrak. Kreidebleich lief sie zu ihrem Auto, stieg ein und flüchtete. Erst als sie außer Sichtweite war, hielt sie an und erlaubte sich wieder zu denken.

„Simon?", fragte sie entsetzt ins Leere. Das konnte doch nicht sein. Warum um Gottes willen traf sie denn ausgerechnet auf Simon. Nach all den Jahren kam sie zurück und er war die erste Person, der sie begegnete. Das war zu viel für sie. Larissa fuhr weiter und stoppte bei einem Motel, ungefähr 15 Kilometer von ihrem Elternhaus entfernt. Als sie endlich allein in einem der Zimmer saß, kam sie etwas zur Ruhe und hatte Zeit zum Nachdenken.

„Ob er mich erkannt hat?", fragte sie sich selbst. „Nein, sicher nicht. Sonst hätte er doch anders reagiert. Aber wieso liegt ihm mein Haus am Herzen?"

Mehr als zehn Jahre waren Simon und Larissa Nachbarn gewesen. Wenn man das überhaupt so nennen konnte. Denn das Dorf, in dem Larissa aufgewachsen war, bestand gerade einmal aus vier Familien. Simon hatte zwar am nächsten von ihr gewohnt, aber selbst das waren immer noch fünf Kilometer gewesen, wenn sie sich besuchen wollten. Und sie hatten sich oft besucht. Sie hatten sich vom ersten Tag an gemocht. Er hatte ihr oft geholfen, wenn sie wieder einmal Ärger hatte. Ärger mit ihren Eltern.

Larissa war nicht das Kind, dass sich ihre Eltern erhofft hatten. Grundsätzlich hätte ihr Vater lieber einen Sohn, einen Stammhalter, gehabt. Ihre Mutter hatte sie geliebt, aber dennoch hatte te immer etwas zwischen ihnen gestanden.

Bei Larissas Geburt hatte es Komplikationen gegeben, die letztlich dazu geführt hatten, dass ihrer Mutter die Gebärmutter samt Eierstöcken entfernt werden mussten. Diesen Verlust hatte Larissas Mutter nie ganz überwunden und ihre Tochter vermutlich dafür verantwortlich gemacht, dass sie ihrem Mann keinen Sohn mehr schenken konnte.

Die Ehe von Larissas Eltern bröckelte immer mehr. Es kam wie es kommen musste. Der Vater sah sich immer öfter nach anderen Frauen um, betrog und belog seine Familie. Dass sein Name aussterben würde, war die Katastrophe für ihn. Als Larissa dann eines Tages ganz harmlos und mitfühlend vorschlug, sie könne doch bei einer Heirat ihren Namen behalten und ihre Kinder ebenso, kam es zum Bruch. Ihr Vater war völlig ausgeflippt. Ob sie denn den Verstand verloren hätte. Welcher ehrenhafte Mann sie mit einer solchen Einstellung denn überhaupt heiraten wollen würde. Dies sei ja noch eine viel größere Schande als eine Frau, die keine Kinder gebären könne.

Drei Tage danach hatte sich Laris-sas Mutter das Leben genommen. Im Dachstuhl des Hauses hatte sie sich erhängt, um sich von ihrem Leiden zu erlösen. Es war Larissa, die ihre Mutter an einem wunderschönen Sonntagmorgen baumelnd am Dachbalken gefunden hatte. Am nächsten Tag war Larissa fortgegangen und wollte niemals wieder zurückkehren.

Doch nun war sie wieder da. Ihr Vater war vergangenen Winter gestorben. Sie hatten kein Wort mehr miteinander gesprochen. Larissa verspürte Erleichterung, als sie die Nachricht bekam. Aber der Brief riss auch alte Wunden auf. Sie hatte sich immer gesagt, dass sie sich schuldig fühlen sollte. Aber sie tat es nicht. Die kaputte Ehe ihrer Eltern. Der Tod ihrer Mutter. Sie konnte nichts dafür.

„Es ist nicht deine Schuld", hatte Simon immer wieder zu ihr gesagt. Es sei alles nur ein kosmischer Zufall.

Ja, es war Simon, der ihr immer wieder Halt gegeben hatte. Ihr gut zugeredet hatte, wenn sie am Ende war. Doch nach dem Suizid ihrer Mutter, bestand für Larissa die ganze Welt nur noch aus Lügen. Sie floh nach Frankreich. Dort war sie dann auf Marcel getroffen, dem sie nie etwas von ihrer Vergangenheit erzählen wollte. Er akzeptierte das. Und deshalb funktionierte die Beziehung. Adeline erfuhr nur ausgewählte Details. Die ganze Wahrheit kannte nur Simon. Und genau diesen Menschen hatte Larissa völlig aus ihrem Gedächtnis verbannt.

Verloren lag sie auf dem Bett im Zimmer des Motels. Sie musste mit Simon reden. Er war der einzige, der ihrem Plan im Wege stand. Ihrem Plan, das Haus wiederherzurichten. Es zu einem wunderschönen Zuhause zu gestalten, wie sie es sich so oft gewünscht hatte. Larissa wollte verhindern, dass sich die Geschichte wiederholte. Sie wollte den Fluch, der auf ihrer Familie lag, brechen. Immer wieder hatte ihre Mutter davon gesprochen, sie seien verflucht, sie würden bestraft werden. Larissa glaubte es eine Zeit lang auch, doch sie gab sich damit nicht zufrieden.

In Frankreich hatte sie gesehen, was alles möglich war. Allein Adeline hatte sich von einer Halbwaise aus ärmlichen Verhältnissen zu einer begehrten Beraterin in Sachen Mode und Lifestyle entwickelt. Immer gezeichnet von ihren Erlebnissen. Beziehungsgestört. Aber überlebensfähig.

Larissa zog sich an und griff nach ihrem Autoschlüssel, der auf dem Nachtschränkchen gleich neben dem Bett lag. Gerade als sie das Zimmer verlassen wollte, klopfte es an der Tür.

„Larissa? Bist du da?", fragte eine männliche Stimme, „ich bin es, Simon. Bitte mach auf."

Langsam öffnete Larissa die Tür und sofort stürmte Simon herein.

„Es tut mir so leid. Ich habe dich nicht gleich erkannt. Seit du verschwunden bist, warte ich darauf, dass du zurückkommst. Als dein Vater letztes Jahr gestorben ist, dachte ich, es wäre endlich soweit. Aber du kamst nicht. Auch nicht zur Beerdigung. Deshalb habe ich auf das Haus aufgepasst. Damit du es sein kannst, die entscheidet, was daraus wird. Ich habe alle vertrieben, die es sich unter den Nagel reißen wollten. Wirklich alle."

„Sei doch endlich mal ruhig", unterbrach ihn Larissa, „ich weiß das sehr zu schätzen und ich möchte dir dafür danken."

„Das musst du nicht. Ich habe es auch für mich getan, weil ich immer die Hoffnung hatte, dass du irgendwann zu mir zurückkommst."

„Und hoffst du das noch?"

„Ja, tue ich."

„Du gehörst für mich zu diesem Ort. Euch beide hatte ich tief in meinem Innern vergraben, aber nun seid ihr beide wieder da. Und ich bin weder allein noch verloren." Larissa machte eine Pause und nahm Simons Hand.

„Es ist völlig egal, was gewesen ist. Denn es ist vorbei und nicht mehr zu ändern. Was zählt, ist das, was noch kommt. Und das kann ich sehr wohl gestalten und genau das habe ich auch vor. Willst du mir helfen?" Sehnsüchtig blickte Larissa ihre Jugendliebe Simon an.

„Und ob ich das will", antwortete Simon, „darauf habe ich so lange gewartet."

„Ich bin Zuhause", seufzte Larissa.

„Wir sind Zuhause", sagte Simon.

# Der Lieblingsduft

„Wir stellen den Patienten gern ein duftendes Öl ins Zimmer, um die Atmosphäre angenehmer zu gestalten. Wissen Sie vielleicht, was die alte Dame am liebsten mag? Hat sie einen Lieblingsduft? Rosen zum Beispiel? Das haben wir oft", fragte die Pflegerin eine junge Frau, die aus einem der Patientenzimmer des Hospizes kam.

„Ich weiß nicht. Vielleicht", antwortete die junge Frau irritiert.

„Wie wäre es mit Zitrone? Das wirkt aufmunternd. Oder Melisse? Die beruhigt. Oder etwas Blumiges. Wir können auch Öle mischen."

„Ich sage doch, ich weiß es nicht. Im Grunde kenne ich die alte Dame doch gar nicht."

„Ich dachte nur, weil Sie doch gerade bei ihr waren", sagte die Pflegerin und deutete mit dem Zeigefinger auf die Zimmertür.

„Mein Großvater lag in diesem Zimmer, aber er ist vor zwei Wochen gestorben. Für ihn gab es keinen schöneren Geruch als den Duft von frisch geschlagenem Holz. Da bin ich mir sicher. Er war meine Familie. Ich weiß nicht, wie es ohne ihn weitergehen soll", schluchzte die junge Frau und griff nach einem Taschentuch in ihrer Jackentasche.

„Entschuldigen Sie bitte. Ich habe Sie nicht erkannt. Wir haben so viele Patienten."

„Ich wollte nur noch einmal in dieses Zimmer.

Mich verabschieden. Aber da lag diese alte Dame. Sie hat geschlafen und so friedlich ausgesehen. Darum habe ich mich an ihr Bett gesetzt. Das war irgendwie beruhigend."

„Verstehe. Sie ist leider nur noch sehr selten wach, sie ist ja auch schon 96. Lange wird der Tod sicher nicht mehr auf sich warten lassen. Besuch hat sie bisher keinen bekommen. Das Altersheim, in dem sie bisher gewohnt hat, hatte keine Adressen von Verwandten oder Freunden. Sehr traurig. Deshalb hatte ich gehofft, als ich Sie sah, dass…"

„Es tut mir leid. Ich wollte keine Verwirrung stiften. Sie liegt im Sterben und niemand kommt, um nach ihr zu sehen?"

„Niemand."

„Das ist furchtbar. Ich würde sie gerne besuchen, damit sie nicht so allein ist. Wäre das in Ordnung? Ich werde mich nur an ihr Bett setzen und ihr etwas die Hand halten. Und ich denke, Rose ist ein schöner Duft."

„Das ist sehr nett von Ihnen. Sie müssen mir nur dieses Formular ausfüllen: Name, Telefonnummer, Adresse. Damit wir wissen, wer Sie sind. Reine Formsache, falls doch mal jemand fragt."

Mit dem Formular in der Hand ging die junge Frau in das Krankenzimmer. Das schneeweiße schulterlange Haar der alten Dame war frisch gewaschen und zum Mittelscheitel gleichmäßig nach links und rechts gekämmt. Die Augen waren geschlossen, der Mund leicht geöffnet. Ganz ruhig lag sie da. Behutsam strich die junge Frau mit der Hand über das noch etwas feuchte Haar und setzte sich auf die Bettkante. Sie griff nach der Hand der alten Dame. Sie war ganz zart, weich und warm und auch ein bisschen runzelig. Unzählige braune Pigmentflecken in verschiedenen Größen verrieten ihr hohes Alter. Ebenso wie die Adern, die sich blau unter der blassen Haut emporhoben, die schon lange jegliche Spannkraft verloren hatte. Die Fingernägel waren gepflegt, aber recht kurz gefeilt. Eine schöne alte Hand.

„Wer sie wohl ist?", dachte die junge Frau.

Das alte Gesicht wirkte freundlich. Viele Lachfalten um Augen und Mund ließen ein glückliches Leben erahnen.

„Sie sieht zufrieden aus. Bestimmt hat sie viel Gutes getan. Ganz sicher ist sie um die Welt gereist und hat sich um Menschen gekümmert, die Hilfe gebraucht haben. Vielleicht in Afrika. Dort hungern doch so viele Kinder. Deshalb kommt sie auch niemand besuchen, weil sie keine Zeit gehabt hat, Freunde zu finden und eine Familie zu gründen. Nein, anders. Sie ist eine Weltenbummlerin. War nie lange an einem Ort. Rom, Madrid, New York, Rio, Moskau, Tokio. Überall ist sie gewesen. Eine Dame von Welt, die mehr gesehen hat als jeder andere. Eine Lebenskünstlerin. Wunderschön. Intelligent. Beneidenswert. Deshalb lässt sie nun die

Augen zu und sagt kein Wort mehr. Sie hat genug gesehen und geredet."

Völlig in sich versunken drückte die junge Frau die Hand der alten Dame immer fester, bis diese im Schlaf leise aufstöhnte.

„Ich will auch etwas erleben. Ein Abenteuer. Das wäre mal was. Einfach los und verschwinden. Egal wohin. Erstmal mit dem Auto, bis der Tank leer ist. Weiter mit dem Zug. Oder zu Fuß. Ich möchte bleiben, wo es mir gefällt. Einfach nur frei sein. Schließlich bin ich doch erst 25. Was habe ich denn bisher gesehen von der Schönheit und Weite dieser Welt? Opas Garten. Der ist schön. Aber weit? Nein, das ist er nicht."

Ruhelos wanderten ihre Augen über das Gesicht der alten Dame. „Na los, wachen Sie auf. Erzählen Sie mir doch bitte etwas über Ihr Leben."

Fest presste die junge Frau ihre Lippen aufeinander, atmete flach und hektisch, wie nach einem Hundert- Meter-Sprint.

„Wachen Sie doch bitte auf. Sie sind nicht mehr allein."

Die Augen der alten Dame blieben geschlossen. Unverändert lag sie da. Friedlich. Freundlich. Stumm.

„Vielleicht bleibe ich doch lieber hier", dachte die junge Frau „heirate einen netten jungen Mann. Bekomme Kinder. Habe Freunde und Familie, die mich und meinen Lieblingsduft kennen und mich nicht allein sterben lassen."

Sie beugte ihren Oberkörper vor, bis sie mit ihren Lippen das Ohr der alten Dame erreichte und begann zu flüstern:

„Was meinen Sie, was ich tun soll?"

Gleichmäßig und ruhig atmete die alte Dame ein und wieder aus. Die junge Frau lächelte und flüsterte erneut:

„Mein Name ist Veronika. Und mein Lieblingsduft ist der Geruch von Regen nach einem heißen Sommertag."

*Wenige Tage später auf dem Friedhof*

Mit tränenden Augen zupfte Veronika die trockenen Blütenblätter von einem Strauß Rosen. Die Blumen lagen lose auf dem Grab ihres Großvaters. Wunderschöne dunkelrote samtige Blüten, beinahe schon schwarz.

„Von wem die wohl sind?", überlegte sie.

Sie standen nicht in einer Vase wie die übrigen Sträuße. Behutsam hob sie die Rosen auf, um sie ins Wasser zu stellen. Die Blüten waren zwar klein, aber dufteten herrlich intensiv. Da kam ihr die alte Dame aus dem Hospiz wieder in den Sinn. Der Duft von Rosen schien ihr tatsächlich gefallen zu haben. Beim letzten Besuch hatte Veronika ein Stofftaschentuch ihres Großvaters, das sie seit seinem Tod immer in ihrer Tasche trug, genommen und darauf ein paar Tropfen Rosenöl verteilt. Ruhig und gleichmäßig hatte sie das Tuch vor dem schlafenden Gesicht der alten Dame hin und her bewegt, um ihr etwas Abkühlung zu verschaffen. Veronika hatte ein Lächeln auf den schmalen Lippen bemerkt. So flüchtig und leuchtend wie eine Sternschnuppe.

Gedankenverloren schloss Veronika für einen Moment die Augen. Nun sah sie das liebevolle und freundliche Gesicht der alten Dame vor sich. Sie sah die unzähligen Lachfalten. Wie ungerecht es war, dass sie niemand zu vermissen schien. Die alte Dame wirkte genauso einsam, wie sie sich seit dem Tod ihres Großvaters fühlte.

Nun wollte sie unbedingt die alte Dame besuchen. Die Rosen hielt sie fest in der Hand und stützte sich mit der anderen Hand am Boden ab, um aufzustehen. Ihre Hand versank jedoch ein paar Zentimeter in der lehmigen Erde. Da spürte sie zwischen den Fingern etwas Ungewöhnliches. Ein harter kantiger Gegenstand drückte sich in ihre Handfläche. Veronika griff danach und zog ihn aus dem Boden. Neugierig säuberte sie ihren Fund. Ein kleines hölzernes Kästchen kam zum Vorschein. Gerade einmal so groß wie eine Streichholzschachtel.

„Wo die wohl herkommt?", fragte Veronika leise und blickte sich um.

Niemand war zu sehen. Zögerlich legte sie die Blumen beiseite und nahm die Schachtel in beide Hände. Mit zittrigen Fingern klappte sie den Deckel auf und blitzschnell wieder zu. Sie wagte nicht hineinzusehen.

„Vielleicht ist sie gar nicht für mich", dachte sie.

Noch einmal drehte sie sich um und blickte mit zusammengekniffenen Augen in jede Himmelsrichtung. Suchend bewegten sich ihre Pupillen hin und her.

Zwischen all den Eichen, die im Laufe der Jahrzehnte im Schutz der Birken zu hohen prächtigen Bäumen gewachsen waren, konnte sie nichts erkennen. Überall knackste es. Aber das machte Veronika keine Angst.

„Die Natur schweigt nur für den, der sie nicht hören will", hatte ihr Großvater immer gesagt.

Der wunderschöne lichte Hain bot zahlreiche Lebensräume für viele verschiedene Tiere. Veronika bemerkte eine schwarze Katze, die reges Interesse an einem Eichhörnchen hatte. Sie lächelte. Langsam wanderte ihr Blick aufwärts zu den Baumkronen. Die Sonnenstrahlen blitzten immer wieder durch das dichte grüne Laub der Eichen. Tief saugte sie diesen Anblick in sich auf und entspannte sich. Veronika steckte die Schatulle in ihre Jackentasche, sammelte die Rosen zu einem Strauß zusammen und ging.

„Darf ich bitte zu ihr?", fragte sie wenig später die Pflegerin im Hospiz. „Ich habe Blumen mitgebracht." Veronika zeigte der Frau die Rosen.

„Riechen Sie doch mal."

„Die duften ja wirklich ganz wunderbar. Gehen Sie ruhig zu ihr. Ich habe sie bei den ehrenamtlichen Mitarbeitern eingetragen. Ich hoffe, das ist Ihnen recht. Eine Vase steht noch im Zimmer. Sie wird sich sicher freuen, ihre Nacht war sehr unruhig."

Veronika nickte besorgt und schlich begleitet von einem unangenehmen Drücken im Magen den Flur zum Zimmer der alten Dame entlang. An der Tür angekommen hielt sie inne. Sehnsüchtig blickte sie an das kleine Schild neben dem Türrahmen. Der Name ihres Großvaters stand nicht mehr darauf. Leise las Veronika das Schild:

*Zimmer 023 - Tilda Trost*

Sachte öffnete sie die Tür einen Spalt und schlüpfte hindurch. Friedlich atmend lag die alte Dame im Bett. Die Augen geschlossen, den Kopf leicht zum Fenster gedreht. Die Vorhänge am Fenster waren zur Seite gezogen, sodass die Sonne das Zimmer erhellte.

Veronika setzte sich auf den Stuhl, der noch von ihrem letzten Besuch am Bett stand und rückte noch ein Stück näher. Ganz genau betrachtete sie das alte Gesicht mit den wunderschönen Lachfalten, während sie langsam nach der Hand der alten Dame tastete. Warm und weich. Genau wie beim letzten Besuch. Veronika atmete tief ein und wieder aus. Endlich kam sie zur Ruhe. Fühlte sich ein klein wenig wie angekommen. Angelangt an dem Ort, an dem sie genau in diesem Augenblick am liebsten sein wollte.

„Ich habe wundervolle Blumen dabei. Dunkelrote Rosen, fast schwarz sind sie", begann Veronika zu erzählen.

Geschwind stand sie wieder auf, holte die weiße Vase aus dem Regal an der Wand und ging zum Waschbecken. Langsam ließ sie Wasser hineinlaufen. Sie stellte die Rosen samt Vase auf den Nachttisch zwischen Bett und Fenster. Im hellen Sonnenschein sahen die Blüten noch viel schöner aus. Die Wärme verteilte den wunderbaren Duft schon bald im ganzen Raum.

Eine der Blüten war auf dem Weg vom Friedhof ins Hospiz abgebrochen. Behutsam öffnete Veronika die Hand der alten Dame und legte die Rose hinein.

„Hier bitte, Frau Trost. Fühlen Sie, wie samtig die Blätter sind", hauchte sie und entdeckte wieder das Sternschnuppen-Lächeln auf den alten Lippen.

Zufrieden blickte Veronika noch eine Weile auf die schlafende Frau und zog dann die Schatulle aus ihrer Tasche. Sie war recht hübsch, obwohl man ihr ansah, dass sie bestimmt schon ein paar Jahrzehnte alt war. Sie hatte einige Kratzer, aber Veronika erkannte handgeschnitzte Verzierungen darauf. Sie fing vorsichtig an, die Schatulle mit einem Taschentuch zu polieren. Die Schnitzerei ähnelte einer Efeuranke, die scheinbar einmal um das ganze Kästchen wuchs.

„Wunderschön. Was meinen Sie, soll ich sie öffnen?", fragte Veronika ohne ihren Blick von dem Holzkästchen abzuwenden.

Stille. Millimeter für Millimeter öffnete Veronika den Deckel, bis dieser mit einem Ruck von selbst aufklappte. Gespannt tastete Veronika nach dem Inhalt. Eine silberne Kette mit Anhänger und einem Zettel. Sie legte den Zettel auf die Bettdecke, daneben die Schatulle und betrachtete genau den Anhänger in ihrer Hand. Er sah eher wie ein ganz einfacher silberner Ring aus, der wie eine Perle auf diese Kette gefädelt war. Veronika legte sie sorgfältig in das Kästchen zurück.

Nun betrachtete sie wieder die alte Dame. Die Augen geschlossen, atmete sie kaum hörbar. Ihr Kopf war nicht mehr zum Fenster geneigt, sondern in ihre Richtung. Es wirkte beinahe so, als blickte sie Veronika durch die geschlossenen Lider an. Und Veronika spürte plötzlich eine Verbundenheit, die ihr Mut machte. Sie fühlte sich bereit, den Zettel zu lesen und faltete das Papier ganz bedachtsam auseinander:

*Liebes Kind!*
*Lebe so, wie du sterben willst.*
*In Liebe, dein Großvater.*

# Fernweh

Da saß sie nun. Aufgeregt. Kribbelig. Kurzatmig.

„Ich mache das wirklich", dachte sie, „ganz wirklich."

Nervös blickte sie zum zehnten Mal auf die Uhr und stellte sich erneut vor, was sie in wenigen Minuten tun würde. Sie wühlte in ihrer Handtasche und suchte nach etwas zum Festhalten. Ein Lippenstift, nein. Ein Kugelschreiber, nein. Eine Kastanie, perfekt. Hektisch knetete sie die braune Kugel in ihrer Hand bis ihre Bewegungen ruhiger wurden. Sie atmete tief ein und ganz langsam durch einen kleinen Spalt ihrer wunderschön geschwungenen roten Lippen wieder aus.

Sie war im Begriff, etwas ganz Verrücktes zu tun. Etwas, von dem sicher niemand erwarten würde, dass ausgerechnet sie es tun würde. Sie, die Tochter eines Strafverteidigers und einer Richterin, die in eine Familie hineingeboren war, die vor Werten und Normen nur so platzte.

Doch es war mehr als nur an der Zeit, endlich loszulegen. Etwas zu wagen und alles Bisherige abzuschütteln. Niemand hatte ihr je etwas zugetraut. Nicht einmal ihre eigenen Eltern. Immer hieß es nur: „Laura. Schätzchen. Liebes. Lass das lieber, das ist eine Nummer zu groß für dich. Mach doch ieber etwas, das du auch ganz sicher schaffen kannst."

Wie ihr diese Worte zuwider waren. Wie sehr Laura es hasste, sie zu hören. Warum glaubte nur scheinbar jeder, dass sie nichts auf die Beine stellen könnte, dass sie nichts schaffen könnte? Weil sie ein Mädchen war? Eine Frau? Ihren Schulabschluss, das Abitur, hatte sie mit der Bestnote bestanden. Ihr Kunststudium ebenfalls. Sie war immer folgsam gewesen. Hatte ihre Eltern nie blamiert oder sich leichtsinnig in Gefahr begeben.

Nur ein einziges Mal, Laura war gerade 18 geworden und mit der Schule fertig, hatte sie die Kontrolle verloren:

„Papa, bitte. Lass mich fahren. Es sind doch nur zwei Wochen", sagte Laura und sah ihren Vater mit flehendem Blick an.

„In 14 Tagen kann eine Menge passieren, mein Kind. Ich habe da Mädchen in deinem Alter schon vor Gericht gesehen, da würde dir Hören und Sehen vergehen."

„Das glaube ich dir, Papa", erwiderte Laura. Sie wusste genau, es würde keinen Sinn machen, ihrem Vater zu widersprechen. Er kannte wirklich viele schlimme Biografien. Und die Fälle, von denen er nichts gehört hatte, waren bei Lauras Mutter über den Tisch gegangen. Die beste Strategie war also, zuzustimmen und gute Argumente parat zu haben.

„Aber ich habe ja dich und Mama als Vorbild. Ihr habt mich in allem sehr gut auf das Leben und seine Gefahren vorbereitet. Und habt mich anschaulich und oft auch erschreckend detailliert über die Konsequenzen mancher Handlungen aufgeklärt." Liebevoll umarmte Laura ihren Vater.

„Ein gelungenes Plädoyer, meine Tochter", lachte Lauras Vater und gab ihr einen Kuss auf die Stirn. „Dann nichts wie los. Pack deine Sachen. Ich werde dich aber noch zu deiner Freundin fahren und kurz mit ihr und ihren Eltern sprechen."

„Einspruch", rief Laura und musste grinsen.

„Abgelehnt", rief Lauras Mutter aus dem Nebenzimmer, sie hatte die Unterhaltung natürlich verfolgt, „ich helfe dir gleich beim Packen." Auch hier halfen keine Widerworte. Das wusste Laura. Sie würde es über sich ergehen lassen müssen und heimlich noch einmal umpacken, falls nötig.

„Vielen Dank, Mama."

Am nächsten Tag saßen um 8:53 Uhr zwei 18-jährige junge Frauen glücklich in einem Zug nach Italien. Zehn Stunden würde die Fahrt dauern. Genug Zeit, um sich auf das erste Abenteuer ohne Eltern einzustimmen. Das gebuchte Hotel hatten die beiden schon längst storniert und stattdessen hatte Lauras Freundin Maya eine Liste mit Campingplätzen entlang der Adria dabei.

„Das wird so aufregend", schwärmte Maya, „ich will zuerst an den Strand und im Meer baden. Und du? Was willst du machen?"

„Ich weiß nicht." Laura zuckte mit den Achseln. „Erstmal eine Unterkunft suchen vielleicht."

Maya sah ihre Freundin mit hochgezogenen Augenbrauen an. „Nicht dein Ernst. Wir wollten doch eben genau nicht alles wie deine Eltern machen. Alles planen und organisieren. Wir wollten Spaß und Abenteuer und Aufregung und Sex." Maya grinste.

„Maya! Halt' den Mund. Der Schaffner guckt schon." Laura war es unangenehm, wenn Maya so zügellos und laut war. Im Grunde wäre sie gern genauso frei und unbekümmert wie ihre Freundin. Genau dies fiel ihr aber so endlos schwer. Denn während Maya von Abenteuern, Aufregung, Spaß und Sex schwärmte, dachte Laura an Risiko, Gefahr, Opfer und Leid. Kein Wunder, das wurde ihr schließlich 18 Jahre lang eingetrichtert. Wann immer ihr Vater eine Mandantin in ihrem Alter hatte, nutzte er diesen Fall, um seiner Tochter eine Lektion zu erteilen.

„Boa, Laura. Sei keine Spaßbremse. Wir passen doch aufeinander auf. Es wird toll, du wirst schon sehen. Und ich verspreche dir, du bist eine Andere, wenn wir wieder zurück sind." Maya grinste frech und schnitt dem Schaffner eine Fratze. Laura musste lachen.

„Du hast ja recht. Auf zu Abenteuer und Spaß", rief Laura.

„Und Sex", ergänzte Maya.

„Wir werden sehen", lachte Laura.

„Ihre Fahrkarten bitte, meine Damen", unterbrach der Schaffner das Gelächter und sah die beiden jungen Frauen streng an. Laura bekam sofort einen Kloß im Hals, schluckte schwer und überreichte schweigend ihr Ticket.

„Interessant. Nach Rimini soll es gehen?", fragte er und sah dabei etwas freundlicher über den oberen Rand seiner Brille.

„Si, Signore. Naturalmente", antwortete Maya keck und lachte. Laura nickte nur und lächelte verlegen.

„Das erste Mal ohne Eltern unterwegs, was?" Laura nickte wieder.

„Na, dann wünsche ich viel Spaß und macht keine Dummheiten." Er stempelte beide Fahrscheine ab, gab sie den Frauen zurück und ging weiter ins nächste Abteil.

*Bahnhof von Rimini 18:55 Uhr*

„Laura, Laura, wach auf! Sieh dir das an. Wir sind da", rief Maya aufgeregt. „Wuuuuhuuuu, Abenteuer wir kommen!"

Langsam öffnete Laura ihre Augen und sah, wie Maya auf der Sitzbank stand und ihren Kopf durch das halbgeöffnete Zugfenster steckte.

„Komm runter da, Maya. Du bleibst noch mit dem Kopf im Fenster stecken."

Maya zog den Kopf zurück. „Typisch du. Denk doch mal nicht daran, was alles Schlimmes passieren könnte. Denk einfach mal gar nichts zur Abwechslung."

Maya sprang von der Sitzbank und packte ihre Sachen zusammen. Sie schnappte sich ihre Reisetasche und stopfte alles Herumliegende hinein, während Laura ihr Hab und Gut fein säuberlich an den dafür vorgesehenen Platz in ihrer Tasche steckte. Genau dorthin, wo es auch vorher gewesen war.

So unterschiedlich die beiden Frauen auch wirkten, im Grunde ihrer Herzen tickten sie völlig gleich. Beide spürten diesen Drang nach Unabhängigkeit, nach Freiheit. Beide zog es hinaus in die Ferne. Weg vom Alltag. Weg von der Familie. Einfach weg von allem und hinein ins Leben. Unvorhersehbares ungeplant erleben, danach sehnten sie sich beide. Auch wenn Maya deutlich mehr Mut für das Abenteuer mitbrachte, wollte Laura es mindestens genauso sehr. Auch wenn es Laura mehr Überwindung kostete, sich auf diese Reise einzulassen, wollte sie nichts mehr als das. Und falls sie tatsächlich in Schwierigkeiten kommen sollten, gab es ja ihren Vater, der sie aus allem herausholen würde, da war sich Laura ganz sicher. Eine beruhigende Sicherheit wie sie Maya nicht hatte.

Maya würde von ihrer Mutter nichts erwarten können. Außer vielleicht: „Habe ich dir ja gesagt. Wer mit dem Feuer spielt, muss auch damit rechnen, sich mal zu verbrennen. Nun sieh' zu, wie du da wieder alleine rauskommst."

Dennoch war es Maya egal. Sie stürzte sich mit ihrer Freundin ins Abenteuer. Ohne einen Gedanken an Morgen zu verschwenden.

Als sie ihr Zelt auf dem Campingplatz aufgebaut und ihre Sachen verstaut hatten, hielt die beiden jungen Frauen nichts mehr. Sie wollten nur noch eins: Ab zur Strandpromenade und rein ins italienische Nachtleben. Die Luft war angenehm warm. Ein leichter Wind wehte durch ihre langen Haare und ließ die beiden erst einmal jeden Gedanken an zu Hause vergessen.

„Lass uns doch mal runter zum Strand gehen", schlug Laura vor. Sie liebte das Meer und das Rauschen der Wellen.

„Ist gut. Ich hole uns nur schnell zwei Prosecco auf Eis. Zur Feier des Tages", antwortete Maya und verschwand in der nächsten Bar.

Laura sah sich um. Überall liefen kleine Gruppen von jungen Leuten und alle lachten und waren gut drauf. Sie seufzte leise. Es fiel ihr schon immer schwer, sich fallen zu lassen. In Gegenwart von Jungs war es am schlimmsten.

Als sie 14 war und ihr Busen immer deutlicher zum Vorschein kam, stieg das Interesse ihrer männlichen Klassenkameraden. Die Mädchen in ihrer Klasse beneideten sie um die Aufmerksamkeit und um ihre Oberweite. Doch Laura freute sich nicht darüber. Sie fand das alles nur peinlich, wurde bei jedem Wort darüber rot und damit schnell zur Außenseiterin. Bis Maya auftauchte und die Neue in ihrer Klasse wurde. Laura mochte dieses Mädchen mit dem wilden braunen Lockenkopf sofort. Auch Maya entdeckte die schüchterne Laura für sich. Die beiden wurden unzertrennlich. Und nun waren sie zusammen hier und machten Italien unsicher. Bei dem Gedanken daran musste Laura schmunzeln. Mit niemandem wäre sie lieber hier.

„Süße, schau mal, was ich aufgetrieben habe", rief Maya durch die Nacht. Laura drehte sich um und traute ihren Augen nicht. Da kam ihre Freundin mit einem riesigen Eimer in den Händen aus der Bar heraus.

„Was ist denn da drin?", fragte Laura.

„Na was wohl, Süße. Schampus natürlich." Maya lachte.

„Bist du verrückt?", fragte Laura ihre Freundin, „den können wir uns doch überhaupt nicht leisten."

„Weiß ich doch. Deshalb sollten wir hier auch schnell verschwinden. Los, komm. Ab zum Strand."

Maya lief los. Einen Augenblick später rannte Laura hinterher. In ihrem Kopf überschlugen sich die Gedanken. Hatte Maya die Flasche etwa gerade gestohlen?

Wenig später saßen die beiden im warmen weichen Sand. Das Rauschen der Wellen wirkte beruhigend auf Laura.

„Sag mal, Maya", flüsterte Laura und fasste Maya, die gerade versuchte den Korken aus der Flasche zu bekommen, an die Schulter, „hast du den geklaut?"

„Was? Geklaut? Was denkst du denn von mir?", fragte Maya empört.

„Nicht so laut", ermahnte Laura, „ich meine ja nur, der war doch bestimmt teuer und so viel Geld haben wir doch gar nicht."

„Ach Süße, für dich ist mir nichts zu teuer", zwinkerte Maya ihrer Freundin zu und gab ihr einen Kuss auf die Wange.

Laura wurde ganz warm. Plötzlich kribbelte alles. Vor allem in ihrem Bauch. Laura war verunsichert. Sie fühlte sich plötzlich ganz leicht und so unheimlich wohl. Es hätte keinen Ort gegeben, an dem sie lieber gewesen wäre, als hier, im warmen Sand neben Maya.

„Was ist los? Alles in Ordnung?", fragte Maya und streckte ihr ein Glas Champagner entgegen. „Lass uns anstoßen. Unser erster gemeinsamer Urlaub, in dem noch jede Menge aufregende Sache passieren werden. Cheers."

Laura nahm das Glas und prostete schweigend zurück. Sie leerte ihr Glas in einem Zug.

„Wow, du hast wohl Durst", sagte Maya und schenkte direkt nach, „ich bin froh, dass du mit mir hier bist."

„Ich auch", sagte Laura und fühlte, wie sich die kribbelnde Wärme in ihrem ganzen Körper ausbreitete.

„Laura, ich muss dir etwas sagen." Maya sah ihre Freundin auf einmal sehr ernst an und kniff die Lippen zusammen. „Es gibt einen Grund, weshalb ich mit dir nach Italien wollte. Und ich meine jetzt nicht, um Urlaub zu machen und Abenteuer zu erleben. Endlich mal ohne die Alten." Maya lachte. „Sondern auch, weil ich…"
Weiter kam Maya nicht. Eh sie es sich versah, fand sie sich mit Laura in einem leidenschaftlichen Kuss wieder. Eng umschlungen vergaßen die beiden jungen Frauen einfach alles um sich herum.

Nach ein paar Minuten lösten sich ihre Lippen langsam voneinander. Tief blickten sie sich in die Augen und lächelten sich an. Es war Laura, die das Schweigen unterbrach. „Alles gut?", fragte sie.

„Mehr als nur gut", antwortete Maya und drehte sich mit einem leisen Seufzen zur Seite. Sie war schon lange in Laura verliebt, hatte aber nie etwas gesagt. Aus Angst vor Lauras strengen Eltern, aber auch wegen der ungewissen Reaktion ihrer Freundin. Maya musste Lachen.

„Was ist los?", fragte Laura.

„Ich habe mich schon so lange gefragt, wie du reagieren würdest, wenn ich dich einfach mal küsse."

Liebevoll sah Maya ihrer Freundin in die Augen. „Bleib mit mir hier. Lass uns hier gemeinsam ein Leben aufbauen. Ein paar Kontakte habe ich schon. Was meinst du?"

„Du meinst, hier in Italien bleiben?"

Maya nickte.

„Direkt nach dem Urlaub?"

Maya nickte wieder.

„Ohne Abschied von Zuhause? Einfach alles zurücklassen?"

Maya nickte. „Oder sich davon befreien", ergänzte sie.

Laura senkte den Blick und Maya ahnte bereits, dass es dazu vermutlich nicht kommen würde.

„Denk' wenigstens darüber nach und am Ende des Urlaubs reden wir nochmal. Du musst es ja nicht sofort entscheiden. Lass' mich dir dieses wundervolle Land doch erstmal zeigen", sagte Maya und küsste Laura zärtlich auf die Stirn.

Die nächsten Tage vergingen wie im Flug. Maya gab sich alle Mühe, damit Laura nicht an Zuhause dachte. Baden im Meer, Sightseeing und Shopping in Rom, abendliche Cocktails an der Strandpromenade, gutes Essen und ein Gefühl von Freiheit, nachdem sich die beiden Frauen so gesehnt hatten.

Der letzte Tag des Urlaubs kam jedoch schnell. Tag 14 des geplanten Abenteuers brach an. Der Abreisetag.

Laura war früh aufgestanden und noch im Dunkeln zum Strand gelaufen. Verträumt sah sie der Sonne beim Aufgehen zu. Sie dachte an Maya und ihre noch junge Liebe. Sie dachte an ihre Eltern und deren alte unmoderne Vorstellungen von Partnerschaft und einfach allem. Es würde ihnen das Herz brechen. Ihre Tochter liebt eine Frau. Das würde nicht in ihr Verständnis von Moral passen. Sie wären schockiert und enttäuscht.

Laura bekam Angst. Was, wenn ihre Eltern nichts mehr mit ihr zu tun haben wollten? Nein. Sie konnte das nicht machen, sie konnte nicht hier bleiben. Nicht so.

Allein fand sich Laura am Bahnhof wieder. Sie hatte sich heimlich ihre Sachen geschnappt und sich davongeschlichen, als Maya noch schlief. Sie hätte es Maya nicht ins Gesicht sagen können. Sie wäre geblieben und das nur, weil es Maya sonst verletzt hätte. Stattdessen hatte Laura einen langen Brief geschrieben und neben Mayas Schlafsack gelegt. Was blieb, war die Hoffnung, dass Maya sie verstehen würde.


Nun fand sich Laura nach all den Jahren auf dem Flughafen wieder und wühlte aufgeregt in ihrer Handtasche. Sie spielte mit der Kastanie, die in ihrer Hand immer wärmer wurde. Sie hatte sich entschieden. Sie und niemand sonst.

Sie selbst hatte beschlossen, sich das Flugticket zu kaufen. Sie war es, die nun endlich ihre Zelte abbrach, um ihrem Herzen zu folgen. Sie wollte endlich so leben, wie sie sich fühlte. Alles loslassen, was sie immer wieder gebremst hatte. Leben und lieben. Bedingungslos und ohne Kompromisse. Die Freiheit in der Ferne finden. Und hoffentlich auch wieder ihre Liebe. Maya.

# Endlich frei

Es war der 14. Dezember 2015 in einem Winter, der seinem Namen keine Ehre machte. Kaum ein Grad unter null zeigte das Thermometer am frühen Morgen, als Claire die Flucht gelang.

Leise wie eine Katze schlich sie auf ihren bunten Wollsocken aus dem dunklen Zimmer im Keller eines Hauses, das sie von außen noch nie gesehen hatte. Sie hatte beschlossen, sich nicht länger terrorisieren zu lassen und wegzugehen, einfach zu verschwinden. Am Körper trug sie nur eine Jeans mit aufgerissenen Knien, einen schmutzigen grauen Strickpullover, darunter ein rosa Hemdchen. Um ihren dünnen Hals baumelte ein hübscher bunter Schal mit roten Zotteln an allen Seiten.

Claire schlich in Richtung der hölzernen Kellertreppe, die ins Erdgeschoss führte. Kaum einen Millimeter gaben die Stufen unter ihrem Fliegengewicht nach, sodass ihr der Aufstieg nahezu geräuschlos gelang.

„Eins, zwei, drei, vier...". In Gedanken zählte sie die Stufen.

Wie oft hatte sie das schon getan? Wie oft war sie bis zur obersten Stufe gekommen? Der 14. Stufe? Und wie oft war sie schließlich doch umgekehrt und leise zurück in das Zimmer im Keller geschlichen? Zu groß die Angst vor dem „Draußen". Zu groß die Furcht vor dem, was sie erwarten würde, wenn sie die Tür ins Freie öffnen würde. Zu viele Fragen in ihrem Kopf, auf die sie keine Antwort fand. Aber wieder zurück? Wieder aufgeben? Wieder im Loch sitzen und alles still ertragen?

„Nein", flüsterte Claire, um sich selbst Mut zu machen, „heute ist Schluss damit. Ein für alle Mal."

Mutig und doch ein bisschen zaghaft öffnete sie die Tür zum Erdgeschoss einen Spalt breit. Claire sah den Ausgang. Nur wenige Meter noch, dann wäre sie frei. Mit geballten Fäusten und finsterer Miene stieß Claire die Kellertür auf.

*24 Stunden später*

Immer wieder ließ das kleine Mädchen ihre Puppe ins Wasser platschen und holte sie wieder heraus. Kichernd schüttelte sie jedes Mal das Wasser von ihrer Puppe und das Spiel begann von vorn.

Eine Weile saß Claire einfach nur da und starrte das kleine Mädchen an. So glücklich und zufrieden wollte sie werden. So unbeschwert. Das musste doch zu schaffen sein. Irgendwie. Auch ohne Anweisung, Demütigung und Strafe. Nur wo sollte sie beginnen? Wie stellte sie es am besten an? Nach all der Zeit im Dunkeln. Nach all der Zeit ohne Sinn und vielen Qualen.

Den ersten Schritt hatte sie gewagt. Der Bann

war gebrochen, die Fesseln durchtrennt. Niemand würde jemals nach ihr suchen, dafür hatte sie gesorgt.

„Mach es richtig oder lass es bleiben", hatte er ihr schmerzhaft eingebläut.

Claire ging langsam auf das kleine Mädchen zu. Plötzlich hielt die Kleine inne und betrachtete mit großen Augen die scheinbar verwahrloste Frau.

„Ist das Farbe auf deinem Schal?", fragte das Mädchen und biss sich nervös auf die Unterlippe. Claire stutzte.

„Blut."

„Hast du dir wehgetan?"

„Nein", antwortete Claire und wunderte sich über die Neugier des Mädchens.

„Aber warum hast du dann Blut am Schal?", fragte das Mädchen und legte den Kopf schief. „Was ist denn passiert?"

Claire fühlte sich ertappt. „Ich musste etwas ganz Furchtbares tun, um endlich frei zu sein", antwortete sie.

Das Mädchen bekam große Augen und flüsterte: „Was musstest du denn tun?"

„Ich musste einen bösen Menschen töten", flüsterte Claire.

Das Mädchen presste die Lippen zusammen und rannte weg.

Claire war ehrlich gewesen. Sie musste es sein. Jede ihrer Lügen war streng bestraft worden. Immer.

Claire begriff langsam, dass es schwierig werden würde, unbeschwert und normal zu leben. Sie begriff, wie wenig sie eigentlich vom Leben hier draußen wusste. Dennoch blieb sie fest entschlossen.

„Jetzt oder nie", ermutigte sie sich selbst. Beherzt ging sie dem Mädchen nach.

*Ein paar Stunden später*

Röchelnd und aus dem Mund blutend saß Claire auf dem Fahrersitz eines Autos, nicht in der Lage sich zu rühren. Alles tat ihr weh. Der Kopf, die Beine, der Rücken. Sie spürte, wie eine warme Flüssigkeit zugleich in ihren Rachen und aus ihrem Mund über ihr Kinn lief. In ihrem Kopf herrschte Chaos. Sie fühlte alles, doch ihr Gehirn schien außer Kontrolle.

Der Motor des silbernen Volvos lief noch. Im Straßengraben stand er, knapp neben einem Baum. Was war nur geschehen? Wie war sie nur hierhergekommen?

Bewegungsunfähig saß Claire auf dem Fahrersitz. Um sie herum war alles dunkel. Die Schmerzen wurden immer stärker. Sie bekam kaum Luft. Ihre Zunge war auf das dreifache angeschwollen, aber die warme Flüssigkeit von eben spürte sie nicht mehr. Dafür bemerkte sie einen brennend heißen Schmerz am Oberschenkel. Eine Zigarette, die sie sich wohl während der Fahrt angezündet hatte, lag auf ihrem Schoß und hatte ein schwarzes, qual-mendes Loch in ihre Jeans gebrannt. Die Hitze fraß sich nun in ihre Haut. Sie versuchte ihre Beine zu bewegen, aber es gelang nicht. Doch plötzlich war der Schmerz weg. Die Kippe war von ihrem Bein gerollt, als jemand die Auto-tür mit einem Ruck geöffnet hatte. Claire hörte ganz leise eine Stimme.

„Hallo! Können Sie mich hören?" Claire wollte antworten, aber es ging nicht.

„Sie reagiert nicht", sagte die Stimme.

„Doch. Ich bin hier!", wollte Claire schreien, aber es kam ihr kein Laut über die Lippen.

Jemand tätschelte ihr die Wange und eine kalte Hand bahnte sich einen Weg unter ihren hübschen bunten Schal an ihren Hals. Claire wollte wieder schreien, aber wieder kam kein Ton.

„Der Puls rast", sagte die Stimme und wieder-holte die gleichen Worte von vorhin: „Hallo! Können Sie mich hören?"

In Claires Kopf gab es plötzlich einen Knall. Als hätte sie endlich den Lichtschalter gefun-den und die Lampe ging an. Keuchend holte sie tief Luft und öffnete Stück für Stück die Au-gen.

„Sie kommt zu sich", sagte die Stimme.

Claire erkannte die Umrisse einer Frau. Ihr Kopf war genau über ihrem Gesicht, aber sie konnte keine Details erkennen.

„Hören Sie mich? Haben Sie Schmerzen?"

Claire wollte ‚ja' antworten, aber es kam nach wie vor kein Ton aus ihrem Mund. Verzweifelt suchte sie die Augen ihrer Helferin, um ihr ein Signal zu geben. Vergeblich. Plötzlich wurde es wieder dunkel und ganz still. Claire hörte nur noch ihren Herzschlag. Leise und langsam. Beruhigend langsam.

„Claire. Liebes, hörst du mich?", fragte eine andere freundliche Stimme.

Ohne die Augen zu öffnen antwortete Claire mit einem schwachen „Ja."

„Wie geht es dir heute Morgen? Konntest du schlafen? Du hast sehr wild geträumt. Vielleicht möchtest du mir von deinem Traum erzählen?"

Wie in Zeitlupe öffnete Claire die Augen und drehte ihren Kopf in Richtung der Stimme. Es dauert ein paar Minuten, bis sie scharf sehen konnte.

„Was ist mit meinen Augen?", fragte Claire.

„Nur eine Nebenwirkung des Medikaments. Das vergeht sicher gleich", antwortete die Stimme.

Und sie hatte recht. Alle Umrisse wurden schärfer. Neben Claire saß ein Mann mit Schnauzer und Halbglatze. Die wenigen Haare waren grau und verrieten sein fortgeschrittenes Alter.

„Wo bin ich?", fragte Claire und versuchte sich aufzusetzen. Vergebens. Erst jetzt bemerkte sie die Fesseln um ihre Fuß- und Handgelenke. „Was ist los, was soll das?"

„Nur zu deiner Sicherheit", antwortete der Mann knapp.

„Was mache ich hier? Machen Sie mich los."

Der Mann räusperte sich. „Das geht nicht so einfach, Claire. Das ist nicht mehr deine Entscheidung. Kannst du dich nicht mehr erinnern?"

Claire versuchte ihre Gedanken zu ordnen, aber alles war so wirr in ihrem Kopf.

„Keine Ahnung. Ich bin Claire."

„Richtig. Und du bist hier in unserer Klinik Patientin. Weißt du, warum du hier bist?"

„Nein."

„Du hast gesagt, du hast jemanden getötet."

Claire blickte den Mann erschrocken an. Das konnte nicht sein. Oder etwa doch? Wen? Und warum? Plötzlich fiel ihr das kleine Mädchen wieder ein, das sie nach den roten Flecken auf ihrer Kleidung gefragt hatte. Sie war ihm nachgegangen.

„Woran denkst du im Moment, Claire?", fragte der Mann und zog einen Füller aus der Brusttasche seines weißen Kittels, um sich Notizen zu machen. Doch Claire schüttelte ihren Kopf. Der Mann steckte den Füller unbenutzt in die Tasche zurück, stand auf und verließ schleichend das Zimmer.

Claire war allein. Ihre Gedanken wurden immer klarer. Dieses kleine Mädchen hatte sie zu einem Haus geführt. Ein Haus mit einer roten Eingangstür.

„Dahinter wohnt auch ein böser Mensch, kannst du den auch töten?", hatte es gefragt.

Claire erinnerte sich daran, wie sie plötzlich mitten im Haus stand, ein Messer in der Hand und dann... Dunkelheit. Die Erinnerung ging einfach nicht weiter.

Claire schrie und versuchte sich loszureißen, bis ihre Handgelenke zu sehr schmerzten. Die Tür ging auf und zwei Männer kamen herein, dicht gefolgt von einer Frau.

„Alles ist gut, Claire", versuchte die Frau sie zu beruhigen.

„Was soll denn hier gut sein?", schrie Claire aufgebracht und strampelte so heftig mit Händen und Füßen, dass die beiden Männer sich mit ihrem Gewicht auf sie legen mussten, um sie zu fixieren.

„Claire, bitte. Ich gebe dir etwas zum Beruhigen. Gleich geht es dir besser", sagte die Frau und richtete eine Spritze auf Claire.

„Besser gehen?", fragte Claire verwirrt, „ich weiß ja nicht einmal wie es mir geht."

Einige Minuten nach der Injektion schlief Claire ein. Atmete ruhig und flach. Besorgt sah die Frau Claire an.

„Es tut mir so leid."

„Ja, es ist ein Jammer", antwortete der Mann, der eben noch bei Claire gesessen hatte. „Machen Sie bitte einen Vermerk in ihre Akte."

„Und was soll ich schreiben?", fragte die Frau.

Der Mann im weißen Kittel massierte sich einige Sekundenlang mit den Fingern die Schläfen, als hätte er Kopfschmerzen.

„Versuch Nummer 43, Strich A, Doppelpunkt, fehlgeschlagen, Semikolon, Patientin Nummer 67JG weist unter bestehender Medikation keine Veränderung auf, Semikolon, Dosis verdoppeln."

# Auf dem Weg

Es war ein sehr heißer Tag im Juli, an dem sich Leandro und Maria das erste Mal begegneten. Jeden Sommer führte Leandro die Touristen durch Rom. Dem temperamentvollen, gut aussehenden, braun gebrannten Italiener mit dem strahlend weißen Lächeln lagen an diesem Tag besonders zwei blonde, blasse Frauen zu Füßen. Immer wieder tuschelten sie und lächelten ihn abwechselnd an, während sie mit zwei Fingern in ihren Haaren spielten. Leandro kannte diese Tricks. Darauf fiel er nicht rein.

„Meine Damen. Cremen sie sich besser ein. Italienische Sonne brennt sehr heiß", warnte er mit charmantem italienischen Akzent.

Dann entdeckte er Maria. Sie saß etwas abseits auf einer Steinstufe. Ihr langes, dunkles Haar glänzte in der Sonne. Ihre Haut war blass, die Lippen feurig rot geschminkt. Ihre Augen verbarg sie unter einer großen schwarzen Sonnenbrille. Als sie sich erhob, umspielte ein weißes Kleid mit kleinen farbigen Blumenstickereien ihren Körper bis zu den Knien. Bei jedem Windhauch zeichneten sich ihre weiblichen Formen ab. Sie hängte sich ihre große dunkelbraune Umhängetasche über die Schulter und fächerte sich mit einem Strohhut Luft ins Gesicht. Scheinbar gelangweilt stand sie da.

„Signora, entschuldigen Sie bitte, sind Sie

Deutsche?", sprach Leandro sie an.

Maria drehte den Kopf in seine Richtung und nahm ganz langsam die Sonnenbrille ab. Ihre schokoladenbraunen Augen funkelten ihn verführerisch an.

„Nicht wirklich", sagte sie mit ruhiger Stimme.

„Darf ich fragen, was dann?" Leandro sah sie freundlich und neugierig an.

„Halb und halb", sagte Maria frech und ließ sich auf die Unterhaltung ein.

„Ich glaube, ich weiß, was Sie damit meinen", sagte Leandro, „Sie sind halb Schwan und halb Reh, si?" Leandro grinste frech zurück.

„Genau mein Herr, so wird es sein", antwortete Maria selbstbewusst, „ich habe einen viel zu langen Hals und meine Beine sehen aus wie Stelzen."

Sie drehte sich weg und fächerte sich weiter Luft zu. Doch hinter dem großen Hut musste sie über Leandros Anmache lächeln. Er gefiel ihr. Groß und stark. Die schwarzen Locken, die ihm immer wieder die Sicht nahmen und die er mit einer lässigen Kopfbewegung aus dem Gesicht schleuderte. Seine Augen waren noch dunkler als ihre und sein kantiges Gesicht wirkte sehr männlich. Seine Lippen waren schmal und wenn er lachte, blitzten die auffällig weißen Zähne hervor. Maria drehte sich noch einmal zu Leandro um, dem es die Sprache verschlagen hatte. So eine Frau hatte er noch nie zuvor getroffen. Schön, stolz und frech. In dem Moment, als sich ihre Blicke erneut trafen, funkte es zwischen den beiden. Schweigend sahen sie sich tief in die Augen. Nach ein paar Sekunden unterbrach Maria die Stille.

„Meine Mutter ist Italienerin, mein Vater Deutscher. Ich wohne in Berlin und besuche meine Großeltern in Rom. Heute wollte ich mir die Stadt etwas ansehen", Maria zögerte kurz, „wenn du Lust hast, mich zu begleiten, dann gern. Ich bin Maria."

Leandro nickte zustimmend und blickte ihr wieder tief in die Augen: „Bella Maria aus Berlino. Mein Name ist Leandro und dich will ich von jetzt an jeden Morgen ansehen."

Und dann ging alles ganz schnell: Nach sechs Monaten Distanzbeziehung brach Leandro seine Zelte in Italien ab und zog zu Maria nach Berlin. Gemeinsam übernahm das verliebte Paar die Pizzeria von Marias Eltern, die sich schon seit einiger Zeit aus der Gastronomie zurückziehen wollten. Leandro war handwerklich sehr geschickt und verpasste dem Lokal nach Marias Anweisungen ein neues Aussehen. Die Wiedereröffnung wurde ein voller Erfolg und die Geschäfte liefen so gut, dass sie sich in der Nähe der Pizzeria eine schöne und große Wohnung zur Miete leisten konnten. Die beiden waren ein gutes Team. Leandro kochte und backte. Maria servierte. Die Gäste gingen schwärmend nach Hause. Um Mitternacht schlossen Leandro und Maria das Restaurant und gingen die fünf Minuten zu Fuß in ihre Wohnung, tranken dort noch ein Glas Wein, besprachen den nächsten Tag und gingen zu Bett. Zweieinhalb Jahre lief es im Grunde jeden Abend so. Außer montags, da gönnten sie sich einen Ruhetag und pflegten ihre Liebe.

Aber heute war alles anders als sonst. Es war gerade hell geworden, als Leandro wach wurde. Allein in diesem großen Doppelbett, das er vor Wochen im Internet bestellt und vor fünf Tagen erst aufgebaut hatte. Aber nun wachte er allein darin auf. Leandro rieb sich die Tränen von den Wangen, stand auf und ging in die Küche. Als er den Strauß roter Rosen in Marias weißer Lieblingsvase auf dem kleinen giftgrünen Tisch stehen sah, brach er wieder in Tränen aus.

„Warum?", schrie er voller Verzweiflung. „Maria, warum nur?"

Doch er bekam keine Antwort. Die Blumen hatte er Maria zum dritten Jahrestag ihrer Beziehung geschenkt. Sie hatte eine andere Überraschung für ihn. Sie war schwanger. Erst vor zwei Tagen hatte er davon erfahren.

„Ich werde ein Papa", hatte er vor Begeisterung aus dem geöffneten Fenster gerufen und danach Maria stürmisch umarmt. Maria hatte sich ebenso sehr gefreut.

Ausgelassen hatten die beiden ihr Glück bis tief in die Nacht mit Pizza, Pasta und ein wenig Prosecco für Leandro im Lokal gefeiert. Bevor sie nach Hause gegangen waren, hatte Leandro eine Tafel ins Fenster gestellt. Darauf stand mit weißer Kreide geschrieben:

*Wegen größtem Glück heute geschlossen.*

In aller Frühe des folgenden Tages, kurz bevor der Bäcker um die Ecke öffnete, schlich Maria aus dem Bett. Sie wollte ihren Liebsten mit frischen Brötchen überraschen. Und außerdem hatte sie Heißhunger auf Berliner gefüllt mit Pflaumenmus. Lautlos schlüpfte sie in Jeans, T-Shirt und in ihre gelben Lieblingssandalen, band sich einen Zopf und lief über das Treppenhaus hinaus auf die Straße.

Der Bäcker war nur drei Minuten entfernt. Ein paar Meter geradeaus, links in die Straße hinein und auf der gegenüberliegenden Seite war das Geschäft. Gedankenversunken war Maria auf dem Weg unterwegs, den sie bestimmt schon Hunderte Male zuvor gegangen war. Sie lächelte beim Gedanken daran, dass sie nun bald zu dritt sein würden.

„Was es wohl wird?", fragte sie leise in sich hinein. „Ein Mädchen wäre schön. Oder doch ein Junge? Leandro wäre sicher sehr stolz."

Plötzlich heulte ein Motor auf. Maria zuckte vor Schreck zusammen. Ihre braunen Augen waren weit aufgerissen und blickten in zwei grelle Autoscheinwerfer, die sich immer schneller auf sie zu bewegten. Maria stand mitten auf der Straße, ihr Mund öffnete sich, doch zum Schreien hatte sie keine Zeit mehr.

Regungslos lag sie wenig später auf dem Asphalt, die Arme auf dem Bauch, die Beine unnatürlich verdreht. Ihre Augen waren noch immer weit aufgerissen. Ihr Blick starr und leblos. Der Mund stand ebenfalls noch offen, als würde sie noch nach Luft schnappen. Aber das tat sie nicht. Durch eine Wunde am Kopf verließ das Blut langsam ihren Körper und tauchte die graue Straße in ein dunkles Rot. In der Ferne flackerten die roten Rücklichter des Pkw, der Maria umgefahren hatte und einfach weitergefahren war. In derselben Minute war Leandro aus dem Schlaf hochgeschreckt.

„Wo ist Maria?", fragte er leise, stand auf und ging in die Küche. Ihre Geldbörse lag geöffnet auf dem Küchentisch.

„Ihr Schlüssel fehlt, dann ist sie bestimmt nur schnell zum Bäcker."

Leandro griff nach den Kaffeebohnen im Schrank.

„Ach, nein", sagte er laut, „Maria muss doch Tee trinken, sie ist doch schwanger."

Leandro begann fröhlich zu pfeifen und suchte nach den Teebeuteln. Seine Suche wurde
durch laute Sirenen unterbrochen. Er lief zum
Fenster und hatte ein flaues Gefühl im Magen.
Ein Krankenwagen raste vorbei.

„Irgendwas stimmt nicht", sagte er, zog sich
hastig an und ging runter auf die Straße bis zur
nächsten Ecke, an der sich bereits eine Men-
schentraube von Schaulustigen gebildet hatte.

„Was ist passiert?", fragte er eine ältere Frau
im rosa Morgenmantel.

„Schlimme Sache", seufzte sie, „eine junge
Frau liegt da, sie hat wohl das Auto nicht gesehen."

Leandro wurde kreidebleich und kämpfte sich
wie in Trance durch die gaffende Menge.

„Halt, hier können Sie jetzt nicht durch", sagte
ein Mann in blauer Uniform.

Der Polizist hielt Leandro fest am Oberarm,
weil er nicht stehen bleiben wollte.

„Hören Sie nicht", sagte er lauter, „hier gab es
gerade einen Unfall. Sie müssen bitte warten,
bis der Krankentransport weg ist und wir die
Straße wieder frei geben können."

Leandro riss sich los und rannte so schnell er
konnte durch die Absperrung.

„Maria", schrie er so laut er konnte. „Maria,
nein."

Doch der Krankenwagen fuhr ab, bevor er ihn
erreichen konnte.

„Das war Maria", sagte er atemlos, „das war doch meine Maria."

Hektisch drehte er sich um seine eigene Achse, bis er den Polizisten sah, der ihm nachgelaufen war.

„Sie kennen die junge Frau?", fragte der Beamte schnaufend.

„Ich denke schon", sagte Leandro und nickte dabei heftig.

„Das tut mir sehr leid. Kommen Sie bitte, ich nehme Sie mit ins Krankenhaus. Ich benötige auch noch die Personalien der Verletzten."

*Im Krankenhaus*

„Warten Sie hier, ich sage Bescheid, dass Sie der Ehemann sind", sagte der Polizist zu Leandro und ging den Flur entlang zum Empfang in der Notaufnahme.

Leandro blieb ängstlich zurück.

„Entschuldigen Sie, können Sie dem armen Kerl da hinten bitte sagen, was mit seiner Frau ist? Ein Verkehrsunfall. Halbe Stunde her. Ich glaube, sie musste bereits am Unfallort reanimiert werden, aber mehr habe ich nicht mitbekommen, deshalb weiß er auch noch nichts."

Die Dame hinter dem Tresen begann hektisch zu blättern.

„Verkehrsunfall", murmelte sie leise vor sich hin, „ach ja, hier ist sie ja. Keine Papiere dabei steht hier. Dann brauche ich ihn eh für die Angaben."

„Wissen Sie denn schon was?", fragte der Beamte besorgt.

„Ich weiß leider gar nichts, aber ich frage gleich mal nach."

„Danke sehr", antwortete der Beamte und ging langsam zurück zu Leandro, der zitternd an einer Wand lehnte.

„Es kommt gleich jemand zu Ihnen", sagte der Polizist freundlich und klopfte Leandro ermutigend auf die Schulter, „ich muss leider weiter."

Leandro nickte stumm und dankbar. Eine gefühlte Ewigkeit verging für ihn, bis ein Arzt auf Leandro zusteuerte.

„Guten Tag, ich bin Dr. Weiler. Sie sind der Ehemann?", fragte er.

„Ich habe die Frau nicht mehr sehen können", antwortete Leandro mit zittriger Stimme, „ich denke, dass es meine Maria gewesen ist."

Der Arzt machte ein ernstes Gesicht.

„Kommen Sie bitte einmal mit, dann sehen wir, ob es Ihre Frau ist."

Schweigend gingen die beiden Männer den Flur entlang, vorbei am Empfang.

„Sehen Sie bitte mal hier durch, ob die Patientin im Bett ihre Frau ist", forderte Dr. Weiler Leandro auf und deutete auf eine Glasscheibe, durch die man in einen Raum sehen konnte. Inmitten des Raumes stand ein Bett mit einer

Frau darin. Drumherum allerlei Geräte, deren bunte Lichter wild zu blinken schienen.

„Ja, ja, ja", rief Leandro aufgeregt, „das ist meine Maria. Kann ich zu ihr? Bitte."

„Das können Sie", sagte der Arzt, „ich werde Sie begleiten."

Allein ging Leandro an diesem Tag nach Hause. Trank eine ganze Flasche Wein und legte sich schweigend in das große Doppelbett.

# Geheimnisse des Winters

Langsam schlurfte Herr Pohl über den Teppich im Flur zur Haustür. Es hatte geklingelt.
Die kurzen grauen Haare lagen glatt am Kopf
an und glänzten von der Pomade, die er sich
jeden Morgen reichlich auf den Kopf schmierte.
Eigentlich war er 48, doch er sah mindestens
zehn Jahre älter aus. Sein Bauch war über
die Jahre zu einer stattlichen Größe heran-
gewachsen. In seinem blauen Jogginganzug,
der schon etliche Jahre alt war, öffnete er die
Haustür.

„Ja, was wollen Sie?", fragte er schnaufend.

Vor der Tür stand eine junge Frau. Schulter-
langes kastanienbraunes Haar umschloss ihr
hübsches blasses Gesicht. Sie rang nach Wor-
ten. Der Anblick des dicklichen Mannes und
sein intensiver Schweißgeruch verschlugen
der sonst so schlagfertigen Frau die Sprache.

„Was Sie wollen, will ich wissen", blökte Pohl
erneut und seine Stimme klang verärgert.

„Ich bin Marie Sommer, ich hatte letzte Woche
wegen des Zimmers angerufen", sagte die junge Frau nun unsicher.

Marie war 24. Nach ihrem Modedesignstu-
dium wollte sie nun Erfahrungen in der Praxis
sammeln. Deshalb war sie auch nach Berlin
gekommen, um den Designern bei dem ange-
sagten Label „Luisa Zaman" für acht Wochen
über die Schultern zu schauen. Über Weih-

nachten und Neujahr ging es so richtig in die kreative Phase des Unternehmens, denn nun wurde das komplette nächste Jahr geplant. Alle Trends wurden diskutiert und umgesetzt. Eine gewaltige Chance für Marie.

„Ihr absoluter Traum", wie sie immer wieder betonte.

Das kleine Zimmer in der Pension von Herrn Pohl, dass sie übers Internet für die nächsten vier Wochen gebucht hatte, entpuppte sich dagegen eher als Albtraum. 400 Euro musste sie bezahlen. Mehr hätte sie sich nicht leisten können. Das Bett stand an der Wand und war gerade lang genug für die 1,65 Meter große Marie. Zum Glück war sie schlank, sonst wäre sie vermutlich beim Versuch sich umzudrehen jedes Mal aus dem Bett gefallen, so schmal war die Matratze.

Gleich neben dem Bett stand ein kleiner Tisch, darauf ein Blumentopf mit Kunstblumen, deren Farbe vom Staub verdeckt war. Am Fußende des Bettes stand ein Kleiderschrank, darin lag eine alte braune Decke, an der zahlreiche Motten ihre Spuren hinterlassen hatten.

„Wollen Sie das Zimmer?", fragte Pohl unfreundlich und kratzte sich am Bauch.

„Ja, natürlich", antwortete Marie und seufzte leise.

Ihre braunen Augen blickten rastlos im Zimmer umher. Sie hatte keine Wahl. Die Unterkunft war günstig und jetzt noch eine andere

Bleibe zu suchen kam nicht infrage, es dämmerte bereits und morgen war ihr erster Tag bei „Luisa Zaman".

„Zähne zusammenbeißen und los geht es", machte sich die junge Frau Mut, „ich schaffe das schon."

Der stinkende Mann verschwand endlich, nachdem Marie ihm das Geld für die nächsten Wochen gegeben hatte.

„Zum Glück habe ich Desinfektionsspray mit", dachte sie bei sich und öffnete das Fenster, um frische Luft hereinzulassen. Sie beschloss, erst einmal schön heiß zu duschen und sich dann in ihre flauschige Lieblingsdecke mit Leopardenmuster zu kuscheln, die sie extra noch in den großen Koffer gestopft hatte.

„Und für die anderen vier Wochen suche ich mir eine andere Bleibe."

*Drei Wochen später*

Als Nico an diesem Wintermorgen aufwachte, hatte er nur einen Gedanken: „Eine heiße Dusche."

Der gestrige Abend war lang gewesen und Nico hatte viel zu viel Glühwein getrunken. Schwerfällig setzte er sich im Bett auf, verzog das Gesicht vor Schmerzen und fasste sich mit der Hand an die Stirn. Einige Minuten lang rieb er sich die Augen.

„Mein Kopf", stöhnte er.

Seit er 32 geworden war, steckte er Partys mit viel Alkohol nicht mehr so locker weg wie mit 20. Langsam stand er auf und warf sich seinen Bademantel über. Mit seinem Duschbad in der linken und einem Handtuch in der rechten Hand schlich er über den Flur zur letzten Tür auf der linken Seite. Dem Badezimmer. Die anderen Pensionsgäste schienen noch zu schlafen. Ganz ruhig war es im Haus, am Rande von Berlin.

Das Bad war frei. Nico zog den weißen Bademantel aus und drehte das Wasser in der Dusche an. Es dauerte immer etwas, bis es warm wurde. Blieb also genug Zeit, um noch einen Blick in den Spiegel zu werfen.

„Das Krafttraining lohnt sich", dachte Nico und stieg zufrieden unter die mittlerweile warme Dusche.

„Das tut gut", seufzte er.

Lange und tief atmete er ein und wieder aus. Plötzlich krachte es gewaltig. Genau unter seinen Füßen. Sein ganzer Körper vibrierte. Nico war mit einem Mal hellwach. Die blauen Augen weit aufgerissen, blickte er nach unten.

„Was war das?", dachte er und versuchte die Situation einzuordnen. „Ein Erdbeben? Stürzt das Haus ein?"

Da krachte es schon wieder. Flink sprang Nico aus der Dusche. Er stürzte. Sein rechtes Bein steckte bis zum Knie in einem Loch fest.

„Was für ein Mist ist das denn jetzt?"

Der Boden direkt vor der Duschkabine war eingebrochen. Nico verzog vor Schmerzen das Gesicht. Nur mit Mühe konnte er sein Bein aus dem Loch ziehen.

„Wo kommt denn das ganze Blut her?"

Nico wurde blass. Panisch suchte er nach einer Wunde, doch sein Bein war unversehrt.

„Das ist gar nicht mein Blut", dachte er und seine Gedanken rasten. Ihn beschlich ein grausiger Verdacht. Nico musste sich übergeben. Mit der Hand wischte er sich flüchtig über den Mund und robbte zum Loch.

„Oh Gott", flüsterte er mit entsetztem Gesicht. Er sah eine Hand. Klein, zart, wie die von einer jungen Frau. Aber auch blau und leblos. Die Hand einer toten jungen Frau.

Entsetzt aber dennoch voller Neugier untersuchte Nico das Loch. Bei seinem Sprung aus der Dusche musste er die dünne Spanplatte unter dem Badezimmerteppich durchtreten haben, die das Loch wohl bedecken sollte. Obwohl sie mit dünnen Nägeln befestigt worden war, ließ sich das Holz nun leicht entfernen. Nico schob Stück für Stück zur Seite. Eigentlich wollte er gar nicht weiter nachsehen, aber er konnte nicht anders. Adrenalin strömte durch seinen Körper. Sein Herz schlug so laut, dass er es in seinen Ohren hören konnte. Zur leblosen blauen Hand gehörte auch ein Arm. Ein zarter Arm.

„Ganz sicher eine Frau", dachte Nico.

Er erkannte eine Schulter, auf der nasse dunkle Haare auflagen.

Das Loch maß im Durchmesser mittlerweile 80 Zentimeter und führte zu einem Hohlraum - zwei Quadratmeter groß, wenn überhaupt - direkt unter der Duschkabine. Nico hatte genug gesehen. Er musste sich erneut übergeben.

„Dort unten liegt eine Leiche", flüsterte er zu sich selbst, „und ich habe ihr Blut an meinem Bein."

Mit starrem Blick stolperte er über den Flur zurück in sein Zimmer und hinterließ auf dem Teppich blutige Fußspuren.

*Zwei Stunden später*

Kommissar Lupus zog noch einmal an seiner Zigarette, dann warf er sie zu Boden und trat sie mit seinen sichtlich ausgelatschten Lederschuhen aus. Er ging ins Haus, über den Flur, ins Badezimmer der Pension Pohl.

Seit 20 Jahren war er schon bei der Mordkommission. Acht Jahre als Kommissar. Viele Leichen hatte er gesehen. Junge, Alte, Kinder, Frauen, Männer. Alles war dabei gewesen. Doch selten wurden die Opfer an solch ungewöhnlichen Orten versteckt, wie unter einer Duschkabine.

„Da hat sich einer aber richtig viel Mühe gegeben", sagte Lupus und rieb sich mit Daumen und Zeigefinger das Kinn.

„War bestimmt gut geplant", stimmte einer seiner Kollegen zu.

„Irgendwelche auffälligen Spuren von Gewalteinfluss?", wollte Lupus wissen.

„An den Oberarmen haben wir leichte Druckstellen gefunden. Die stammen vermutlich von einer kleinen Hand mit wenig Kraft."

„Und das Blut?"

„Die Verletzung ist am Oberschenkel. Die Spurensicherung meint, sie könnte von einem scharfkantigen Abflussrohr der Dusche sein."

„Dann war sie vielleicht noch gar nicht tot, als sie im Loch versteckt wurde", vermutete der Kommissar und tastete in seiner rechten Manteltasche nach dem in Leder eingebundenen schwarzen Notizbuch, das seine Frau ihn zum letzten Hochzeitstag geschenkt hatte.

„Sie meinen, sie ist dort unten verblutet?", fragte der Beamte und reichte dem Kommissar einen Stift.

„Danke. Habe meinen wohl mal wieder verlegt. Möglich ist alles. Kann der Mann, der sie gefunden hat, schon vernommen werden?"

„Er steht noch unter Schock."

„Und der Hauswirt? Pohl oder so ähnlich?"

„Verschwunden. Aber schon seit einer Woche, sagt seine Frau."

„Noch irgendwelche Gäste in der Pension?"

„Nur eine junge Frau. Marie Sommer, 24 Jahre alt. Praktikantin bei irgendeiner Modetante oder so. Sie wohnt seit drei Wochen hier. Wollte nächste Woche in eine andere Unterkunft wechseln, sagt sie."

„Hat sie irgendwas bemerkt?"

„Wohl nicht, sagt sie. Sie wirkt recht schüchtern."

„Lassen Sie uns den Bericht der Pathologie auf dem Revier abwarten. Diese junge Frau, Marie Sommer, nehmen wir mit. Die will ich mir mal genauer ansehen", schnaufte der Kommissar und griff nach seiner Zigarettenschachtel in der linken Manteltasche.

*Auf dem Revier*

„Wir haben die Ergebnisse der Pathologie, Herr Kommissar", sagte ein Beamter, überreichte Kommissar Lupus eine gelbe Mappe und ging aus dem Büro.

„Danke", antwortete Lupus grimmig, klappte die Mappe auf und direkt wieder zu, „was glauben Sie, ist der jungen Frau passiert?"

Fragend sah er Marie Sommer an, die ganz ruhig an der anderen Seite des Schreibtisches saß.

„Ich weiß es nicht."

„Das dachte ich mir, deshalb frage ich ja, was Sie glauben. Oder haben Sie sich noch keine Gedanken dazu gemacht?"

„Natürlich war ich geschockt, aber wirkliche Gedanken habe ich mir nicht gemacht."

„Tatsächlich? Gar keine?", fragte Lupus und

sah Marie scharf an. Marie schüttelte schweigend den Kopf.

„Sehr interessant. Und waren Sie in der Pension mal duschen, Frau Sommer?"

„Ja, natürlich."

„Und? Nichts bemerkt?"

„Nein. Nichts."

Lupus ging um den Schreibtisch und setzte sich neben Marie auf einen Stuhl. „Kennen Sie Nico? Nico Willer? Der andere Pensionsgast."

„Wir haben uns in der Pension ab und zu gesehen, aber wirklich kennen tue ich ihn nicht."

„Wissen Sie, für eine junge Frau von 24 Jahren sind Sie ganz schön entspannt und gefasst, wenn man bedenkt, dass in Ihrer Unterkunft ein Mord geschehen ist. Oder zumindest eine Leiche versteckt worden ist. Unter der Dusche, in der auch Sie geduscht haben. Also mich würde das schon beschäftigen."

„Ich zeige meine Gefühle eben nur ungern", konterte Marie, „das ist besser in meiner Branche. Es lässt mich sicher nicht kalt, dass ich mit einer Leiche das Badezimmer geteilt habe."

„Ist das so?", fragte Lupus und zog ungläubig die Augenbrauen hoch.

Mit gespitzten Lippen musterte er Marie. Langsam stand er auf und schlurfte zum Garderobenständer neben der Tür. Sein speckiger Mantel hing dort am Kragen aufgehängt wie ein alter Lumpen. Schon viele Fälle hatte Lupus mit diesem Mantel gelöst. Gewohnt schwungvoll warf sich der Kommissar seinen Gefährten über.

„Na, dann kommen Sie mal mit Frau Sommer, ich würde Ihnen ganz gern mal etwas zeigen."

Wortlos stand Marie auf, als das Telefon auf dem Schreibtisch klingelte.

„Wollen Sie nicht rangehen?", fragte Marie ohne eine Miene zu verziehen.

„Vielleicht sollte ich das."

Marie hob den Telefonhörer ab und streckte ihn Lupus entgegen. Etwas verblüfft griff der Kommissar danach, hielt sich den Hörer ans Ohr und brummte mürrisch in die Sprechmuschel: „Was ist denn?"

Schweigend lauschte er einige Sekunden der Stimme am anderen Ende. Marie ließ er dabei nicht aus den Augen. Sie stand gerade einmal einen Meter entfernt von ihm und hielt dem starren Blick ohne Mühe stand.

„Und das ist sicher? Gut. Danke." Lupus knallte den Hörer auf. „Mitkommen."

„Wo gehen wir denn hin?", fragte Marie und wurde plötzlich doch etwas nervös.

Ohne zu antworten deutete der Kommissar mit seiner Hand in Richtung Tür. Folgsam setzte Marie einen Fuß vor den anderen. Auf Höhe der Tür, deren Klinke Lupus fest umklammerte, blieb sie stehen und blickte ihm genau in die Augen. Ganz still wurde es um sie herum. Auch Lupus brachte kein Wort hervor. Dieser Blick durchbohrte ihn und sorgte für ein ungutes Gefühl, das erst aufhörte, als Marie den Blick senkte und weiterging.

„Herr Kommissar, ist alles in Ordnung?", riss ihn ein Beamter aus der Starre.

„Ja, ja. Soweit so gut", stammelte Lupus, „mit dieser Frau stimmt irgendwas ganz und gar nicht. Sie hat was mit dem Mord zu tun, da bin ich sicher. Mein Gefühl hat mich noch nie getäuscht."

„Mir wird eiskalt, wenn ich sie ansehe", gestand der Beamte. „Ich habe sie im Wagen hergebracht und sie hat die ganze Fahrt über nicht ein einziges Wort gesagt."

„Und das ist so ungewöhnlich, dass sie gleich frieren?"

„Nein, das nicht. Aber sie hat die ganze Zeit eine Melodie gesummt. Immer wieder die gleiche Tonfolge, sehr monoton. Klang irgendwie traurig."

„Gut, vielleicht ist das nicht normal, aber auch kein Grund für kalte Füße, meinen Sie nicht?", fragte Kommissar Lupus skeptisch.

„Sie hat dabei die ganze Zeit über den Rückspiegel in meine Augen gestarrt."

Der Beamte presste die Lippen zusammen, nickte Lupus kurz zu und ging weiter.

„Nun ja, das klingt schon etwas gruselig. Passt ins Bild." Lupus rieb sich mit der linken Hand das Kinn und wühlte mit der rechten in seiner Manteltasche auf der Suche nach seinen Zigaretten.

Vor dem Revier steckte er sich eine der Zigaretten in den Mund, ohne sie anzuzünden.

„Vorn oder hinten?", fragte er undeutlich. Die Zigarette wackelte zwischen seinen Lippen.

„Wollen Sie die gar nicht anzünden?", fragte Marie zurück und deutete mit dem Zeigefinger auf die Zigarette, die Lupus noch immer zwischen die Lippen geklemmt hatte.

„Ich versuche zu reduzieren", brummte der Kommissar. „Vorn oder hinten?", fragte er erneut und nickte in Richtung eines flaschengrünen Mercedes, Baujahr 95.

„Vorn", antwortete Marie und stieg ein.

„Wollen Sie gar nicht wissen, wo es hingeht?", fragte Lupus, nachdem sie einige Minuten schweigend gefahren waren.

„Werde ich ja sehen, schätze ich."

Marie saß wie eine Puppe auf dem Beifahrersitz. Keine Regung. Steif. Ohne jede Mimik. Doch plötzlich fing sie an zu summen. Erst sehr leise. Kaum hörbar. Dann etwas lauter.

„Was ist das für ein Lied?", fragte Lupus, „irgendwas Modernes? Da kenn ich mich nicht aus. Bin wohl mehr so der Oldie."

Marie summte unbeirrt weiter. Sie antwortete nicht. Als wäre sie gar nicht wirklich anwesend. Die Melodie klang traurig. Sehr traurig. Abrupt hörte sie auf, als der Wagen stoppte.

„Das ist keine gute Idee", sagte sie leise und sah dem Kommissar mit einem tiefen starren Blick genau in die Augen.

„Das werden wir gleich wissen", antwortete Lupus und stieg aus. Er lief um das Auto, um Marie die Tür zu öffnen, doch sie stand bereits neben dem Fahrzeug. Er nickte ihr zu und deutete mit der Hand auffordernd zur Eingangstür des Krankenhauses, vor dem sie gehalten hatten.

Gemeinsam gingen sie bis zum Fahrstuhl. Als sich die Türen öffneten, zögerte Marie und blickte beinahe flehend zum Kommissar, doch er wich ihrem Blick dieses Mal aus. Sie stiegen ein. Die Türen schlossen sich. Lupus drückte den Knopf ins Untergeschoss. Marie kniff die Augen zusammen und drückte ihre Hand auf den Bauch, als wäre ihr übel.

„Nervös?", fragte Lupus. Doch er bekam keine Antwort.

Langsam stiegen sie aus dem Fahrstuhl, als sich die Türen wieder öffneten. Lupus schlurfte den langen Flur entlang. Vor der Milchglastür mit der Aufschrift „Pathologie", blieb er stehen und klingelte. Marie stand mit leerem Blick neben ihm. Es dauerte nur ein paar Sekunden, dann öffnete sich die Tür mit einem Summen automatisch. Sie gingen hinein.

„Ich bin hier hinten", rief eine männliche Stimme.

Lupus und Marie folgten ihr bis zu einem großen Raum. Kühl und ungemütlich war es.

„Hallo?", rief Lupus „ich habe nicht ewig Zeit und keine Lust mir den Hintern abzufrieren."

„Ist ja gut, ich komme ja schon", sagte die Stimme und im selben Moment kam ein schlaksiger, junger Mann mit schwarzer altmodischer Hornbrille aus einem Nebenraum. Er hatte den Blick auf ein Klemmbrett gerichtet und machte sich mit einem blauen Kugelschreiber Notizen. Als er Lupus fast anrempelte, blieb er stehen und löste seinen Blick vom Brett. Erschrocken ließ er den Kugelschreiber fallen und starrt Marie an. Es brauchte einige Sekunden, bis er seine Fassung und seinen Stift wieder hatte.

„Meyer, mein Name. Wir haben telefoniert. Kommen Sie mit."

Lupus nickte und schob Marie mit seiner rechten Hand vor sich her. Vor einem Tisch, auf dem eine abgedeckte Leiche lag, blieben sie stehen.

„Das ist sie?", fragte Lupus. Meyer nickte und zog das Laken langsam vom Kopf an weg.

Lupus beobachtete Marie. Sie begann wieder die Melodie von vorhin zu summen.

„Kennen Sie die Frau?", fragte Lupus.

Maries Melodie verstummte. Beinahe schon drohend blickte sie erst Meyer und dann den Kommissar an.

„Ich habe doch gesagt, es ist keine gute Idee."

„Und ich habe gesagt, wir werden sehen. Sie sieht Ihnen verdammt ähnlich, finden Sie nicht? Zufall? Ich denke nicht. Es wird langsam Zeit zu reden, Frau Sommer. Oder wer Sie auch immer sind."

„Kommen Sie wirklich nicht allein darauf? Das ist meine Schwester. Meine Zwillingsschwester. Vielmehr war sie es", sagte Marie, lächelte flüchtig und begann wieder zu summen.